ravel machado

coleção Pajubá

HECATOMBE
2023

FAZ A CURVA, PAIXÃO

HECATOMBE

rua do caju, 478
jardim das cerejeiras
cotia — sp
06724-015

[55] 19 9 82411532

sumário

{34} katiúcia
{35} “bonde”
{36} (inspiração
{37} elas se filmaram se beijando
ouvindo I kissed a girl and I liked that
{38} nossos namorados eram
melhores amigos, como nós
{39} cissa I
{40} paramos de ir no bar da vilma
por alguns meses
{41} dona vilma fez um casamento
de uma gay com uma travesti no bar
{42} adriana I
{43} nos beijamos eu, a ceci e o diego
{44} joana
{45} tíravamos a blusa no comitê
{46} cissa II
{47} assistir no instransitivo
{48} samuel
{49} corep
{50} erep
{51} ônibus da volta
{52} nardinho/mau
{53} paixão caseira
{54} eu ainda pegava homens cis
{55} é janeiro de 2023, no brasil
{56} [tô achando graça porque
{57} a gente ocupou a universidade

{58} helena

{59} lui

{60} márcia

{62} arthur me disse

{63} ícaro tirou as cartas pra mim

{64} eu fiquei dois dias puto

{65} as crianças com outras ferramentas

{66} era importante ter sapatão/trans ali

{67} eu era muito polêmico

{68} ana me beijou a noite inteira

{69} mateus tinha um pau

{70} flashs de flecha

{71} eu não me importaria nada se

{72} talvez a não-monogamia
pareça mais simples pra mim

{73} ravel

{74} ainda não contei pros porteiros

{75} e assim

{76} e desse modo

prefácio/pósfacio/orelha/comentário ou o que desejar *faz a curva, paixão* em 10 movimentos

paixão faz a curva que não é uma posição localizável formada por comunicações binárias entre pontos. entramos com paixão pela curva que extrapola dimensões. entramos pela curva que é sempre *outra* curva em linha de translações.

o que acontece quando a curva é um lugar espacial não coordenado por referenciais cartesianos e geométricos? de que maneira o gênero da curva é ficcional? existe o significado da curva, afinal? existe curva contrária ao mapa? como prosseguir em curva não contínua? o que se curva sem parâmetros reais? como curvar além linha? que curva continua a voltar? e quando pensamos em fenômenos gráficos que performam, acontecem não evolutivamente? o que existe antes e após a curva? o que acontece durante a curva? o que acontece quando a curva é o próprio intervalo? o que diz a curva sobre a memória? qual o tempo da curva? como pensa a curva? como faz a curva?

paixão faz a curva. paixão *fabrica* a curva. *a* curva, não *uma* curva. paixão se curva ou é curvada por. paixão pede: faz. faz? que paixão não pede por nada? nos diga paixão que seja coexistência entre apelido e sentimento. paixão também faz cu, um cu espiralar. Paixão faz cura.

Há uma multidão de paixões fazendo a curva: carolina, alessandra, walkiria, victoria, mariana, helena... ravel. Ravel é paixão. Ravel faz sua própria curva.

Eu diria pra despentes que aqui também tem multidões de feias, caminhoneiras, peludas, gordas, mal comidas, maldosinhas, safadonas, abusivas, agressivas, histéricas, da quebrada, da rua. Essas iguais a nós. Meio subversivas. Já beijei algumas, inclusive. Mas também tem uma panóplia de sinhazinhas, gostosinhas, vaidosas, plastificadas, esportistas, filhas de políticos, ricaças, filhinhas da mamãe. Essas que talvez nunca poderíamos ser. Ou as que também fomos. Algumas delas transicionaram. Nós também.

Primeiro delírio: o gênero em algum momento fez a curva. Ou em todos os momentos?

Segundo delírio: algumas curvas são feitas em bando. Outras a dois ou três. Algumas curvas se fazem sozinhas.

Terceiro delírio: alguns caminhos são feitos de saltos. Toda curva é caminho.

Primeira descrição: abro um álbum de flash-figurinhas e imagens complexas acompanhadas de pequenas fofocas. Algumas em continuidade, outras fragmentadas. Dou gargalhadas. Também quero fofocar.

Segunda descrição: um livro de sensibilidade e afetividade quimérica, que presentifica acontecimentos, babados, polêmicas, citações, conselhos, paranoias, performances, apontamentos políticos e sociais acerca da diferença, experiências corporais, desejos e memórias sobre uma miríade seres [alguns lgbtqia+] em transformação.

Ian Habib
@ianhabibaziz

àquelus, àquelas, e àqueles que me foram abrigo
enquanto vaguei

aos ecos e às rupturas que nos forjam, à nossa
malemolência

à coragem de viver e assumir nossos desejos
desviantes

às pessoas trans do sul do que se considera mundo

aos mundos que fazemos e ainda faremos

a quem me ensina a viver e vive comigo

a quem de fato escreve e vive em pajubá

a flecha, ian, bren, ceci, gaé, arthur, enilse e todes
que me ajudaram a fazer este livro nascer

carolina

carolina teve orelhas de abano
chegou um dia no marista
com as orelhas enfaixadas
antes dos oito anos

trocávamos bichinhos de pelúcia
e dediquei a ela o pedido
da minha primeira estrela cadente:
casar com carolina

subíamos em cima uma da outra
e ficávamos abrindo
e fechando
as pernas

a pré-história da tesourinha
fazíamos
calados

paola — homossexualidade compulsória

se eu não beijasse paola
ela trancava a porta
e me batia de chave

dizia:
pode gritar
        — tinha um tio surdo no outro quarto.

alessandra

quis beijar a alessandra
e disse que era pra treinarmos
pra quando fôssemos beijar garotos

ela não quis
eu disse que era brincadeirinha

walkiria

walkiria era miss rio grande do sul
e tinha um lençol térmico
ficamos mesmo muito quentes
naquela cama

victoria

victoria era filha da vereadora
e me enfiava num armário
pra me beijar

mariana

mariana nunca quis nada comigo
mas hoje dentre todas
é a única sapatão

travesti

não tinha nenhuma
na minha
sala

as feias

bárbara tinha ainda mais pelo no braço que eu
então era ainda mais feia
e tinha também a luanne, que era gorda

as feias voyeurs

as feias não podiam jogar verdade ou
consequência
então se reuniram para um plano revanchista
empunhamos nosso gravador colorido
e discretamente gravamos tudo
dali onde olhávamos
para delatar para as mães
que nos chamaram de fofoqueiras

as professoras ficavam em pânico

porque a gente se cumprimentava com a língua

primeira comunhão

rabisquei a cortina do colégio da escola para
contar para o padre
acreditava não ter cometido outros pecados

rubi aka pérola negra

seduzimos o bibliotecário do colégio
para conseguir o número do garoto cobiçado

escrevíamos cartas de amor anônimas juntes
para deixar sobre nossas mesas na escola

você namorou por dois anos virtualmente
o cara que carregava o escapulário da sua loira
no pescoço

bochechamos pastas de dente de três sabores
para perder o bv de selinho

(independentemente de quantas bocas
se tenha beijado antes

o selinho só se perdia com pessoas do gênero
oposto)

raphaella

você me achava parecida com a hermione granger

fomos pro chão lutando
pela primeira bolacha do pacote
eu adorei

peguei seu namorado sem entender que isso
era errado

ela escreveu na redação de entrada no colégio
militar
que parecia que tinha medo do silêncio
eu roubei, achei lindo

hoje é fascista

adeus fábrica de misses

fui vizinho da gisele bündchen
antes da fama
meninas dormiam com meia de nylon desde
os quatro anos
pra não ter varizes
sereias de lacres de coca-cola
tudo tinha cheiro de rayito
eu punha uma moeda de 50 centavos no umbigo
pra ver se ele entrava
aprendi muito cedo
a encolher a barriga
fui rainha da rua

eu não sabia que fugia
mas fugi

poltrona 23

eu colocava salto para parecer ter 14 anos
idade mínima em viagens intermunicipais
e já sentava na poltrona 23
à espera da bicha ou da velhinha desavisada

elas saíam do cm pra beber cachaça

e cumprimentavam os oficiais com os dois
dedos na boca
deixando a língua passar

a marca de uma lágrima

letícia lembrava de mim na isabela
os outros colegas no frajola

fiquei um ano só usando peças rosa

pra ver se me enturmava

katiúcia

fui te marcar no basquete
e você disse: me solta que eu não sou sapatão
sai, sapatão

“bonde”

nós dos colégios particulares
mimetizávamos
de forma esdrúxula
a cultura dos bairros periféricos

assim quase apanhei do BDG
por ser amiga demais
da melhor amiga
da chefona

os PTR nem sabem
mas pela boca da camila lima
me salvaram

(inspiração

é tipo um mosquito que vem na tua cara
e tu quer guardar
voando)

elas se filmaram se beijando ouvindo
I kissed a girl and I liked that

vazou
a gente endossou o coro lesbofóbico
depois se reuniu numa das casas
pra se beijar também

**nossos namorados eram melhores amigos,
como nós**

e tinham certeza de que a gente se pegava

cissa I

a gente voltava às vezes juntas
pelo terreno baldio
da vila expropriada
perto do meu condomínio
e tu me explicava
partindo do lixo que tinha no caminho
absorventes internos
pílulas
hormônios
sexo
vida

paramos de ir no bar da vilma por alguns meses

porque ela expulsou a amora e a elisa
porque eram um casal

dona vilma fez um casamento de uma gay com uma travesti no bar

e nós voltamos a ir lá

adriana I

adriana passava no bar da vilma oferecendo caricaturas

nos beijamos eu, a ceci e o diego

e ceci pensou que eu ia ficar emocionado
logo eu

joana

na atividade com as pessoas que tinham
recém-entrado na psico
perguntaram à joana sua orientação sexual
joana disse: desorientada

tirávamos a blusa no comitê

pra dançar cumbia

cissa II

tu me chamou pra ir num ato
do bloco de luta
pelo transporte coletivo

assistir no instransitivo

assistimos com nossos corpos
o furo do tatu
dias depois do show do tom zé
vimos os power rangers chegarem
tudo
coca-cola, sua criança mimada
protegida em praça pública

samuel

samuel via alguma coisa em mim
me deu uma zine sobre caronas
samuel foi morto com tiros na cara

corep

bruna me chamou de sandy e disse
que jamille era quem ria
eu só sorria

erep

saiu correndo atrás de mim dizendo
“tu me excita”
eu era amiga do casal e disse para
ela não parou
transamos na espaçonave
e vimos o sol nascer abraçadas

ônibus da volta

no ônibus de volta
só júlio e eu não achamos estranho
nem fizemos frescura
pro desejo óbvio
de ter duas genitais

nardinho/mau

tu me deu orlando
e escreveu nas minhas costas
“isso não quer dizer nada”
na marcha das vadias
do lado abortista
anticarcerário

também me botou no riacho

paixão caseira

me apaixonei pela pessoa que morava comigo
na época sapatão
o primeiro que eu vi dançando funk sem rebolar
me apaixonei

ficava espiando pela fresta da porta do meu
quarto
enquanto ele varria a sala e olhava o céu

um dia contei pras sapamás
cheio de poréns porque morávamos juntes
uma delas ficou com ele no mesmo dia
a outra me disse: bem-vinde ao mundo sapatão

não quis entrar

pensei em sair de casa
mas comprei duas águas
e fui pro bloco da laje

eu ainda pegava homens cis

mas dos mais politizados
ou sensíveis
em relação às queixas válidas
dos feminismos
então eles brochavam muito
morriam de medo de errar
eu cansei

é janeiro de 2023, no brasil

e às vezes dá vontade de parar tudo
e montar um acervo
das nossas estratégias nos últimos anos
na lida com fascistas
acho que vamos precisar

[tô achando graça porque

quando narro minha vida hoje
com a boca
sempre narro no masculino
mesmo a infância

mas parece que quer ficar escrita também
a pessoa a
que foi em mim]

a gente ocupou a universidade

depois de ser chamada na chincha
pela gurizada da escola santa luzia
de ensino fundamental
que tinha ocupado também

criamos um quarto chamado brejo
o saguão era ocupado pelo balanta

a ocupa da psico era conhecida pela paranoia

helena

ficou um ano me dando
bom dia
boa tarde
boa noite
música gravada
nome dos familiares
daí na ocupação
ficamos

ela nunca ia me ver
só foi no dia
que eu resolvi
ficar com a lui
e nos pegou na cama
do brejo
tacou 50 reais
cantou naiara azevedo
rimos
deitamos as três

que estrago

lui

muito pagode
senti cavalgar na história
tu dizia na breja
depois do tatu

pura farra
os besouros disseram
que o que iria de vir havia de ser forte
lembra?

márcia

conhecemos a márcia como três
sentamos tomar uma cerveja com ela
que recém estava chegando
na situação de rua

gostou muito de nós
sentiu confiança de contar
de um caso antigo
    — e maravilhoso, palavras dela
com uma mulher

nos amigamos
quando o três ruiu
ela me aconselhava
e as pessoas da psico pensavam
que eu estava fazendo acompanhamento
terapëutico
com ela
            — era o contrário

ela tinha um filho trans
que estava preso
tinha dificuldade de aceitar a transgeneridade

mas quando ele saiu
e foi morto na orla
protegendo uma menina de um assalto
ela me disse, chorosa

“ele morreu”
& “nenhum jornal respeitou o nome dele”

arthur me disse

que pessoas como helena não eram pra nós

ícaro tirou as cartas pra mim

no meio da cb

eu fiquei dois dias puto

porque lorenzo disse
que tinha fechado
a porta do cu
e agora ia ser
o homem da família

as crianças com outras ferramentas

ali cada criança tinha uma ferramenta
esquisita para qualquer normal
isso as unia
mas eram muito diferentes

o dia mais bonito foi quando
mesmo cada ume falando uma linguagem
fugiram juntes e foram nos dar um tchauzinho
pela janela que dava pra sala
onde elus ficavam o dia todo

era importante ter sapatão/trans ali

porque sapatões e trans sabem
que as crianças
podem enlouquecer
se lhes é cobrado
um estereótipo de gênero
que elus não sabem ou querem cumprir

avisei a coordenação
mas me disseram para não confundir
psicologia com filosofia e sociologia

nas reuniões semanais
era sempre o mesmo chororô
sobre como suportar a baba
que saía da criança
que só se comunicava
através de um grito agudo

fui afastado por lentidão

eu era muito polêmico

e minha voz não tinha ressonância
então eu fiquei com a outra estagiária
mais delicada e boa no aproche
e dei pra ela o livro do deligny

ana me beijou a noite inteira

na festinha
na volta ficou me contando
como vinha se sentindo estranha
depois que deixou os pelos do suvaco
crescerem

eu nunca tinha notado se me olhavam

ana esqueceu que a gente se beijou

mateus tinha um pau

mas nunca entrava
com ele aprendi muito
sobre sexo
e não binariedade prática

flashs de flecha

eu gosto muito dos hoteizinhos em são paulo
por causa delu
mas quando cheguei na tua casa
e tinha o quadro que tu fez
Santa Maria des monstruoses
sei lá
parecia que eu tinha chegado em algum lugar

eu não me importaria nada se

chamássemos a gente que é trans não binárie
de povo das nuances

talvez a não-monogamia pareça mais simples
pra mim

porque eu sempre vi
as pessoas que gosto
com outras pessoas

(mentira)

ravel

subi em cima do meu nome
e decretei
sou eu

ainda não contei pres porteires

então elus me chamam no nome antigo
eu passo ali todo dia
pego o nome e deixo ele cair no chão
não chego a pisar em cima
pulo por cima dele
com elegância
e atravesso a cancela sempre
como ravel

e assim

“fica exposto o quanto as categorias
de sexualidade
são insuficientes para abarcar
as experiências não binárias
(e para quem
elas são
suficientes?)”
— @be_____rgb

e desse modo

transicionar
necessariamente
coletiviza o desejo para fora.
— @cat.usp

las luchas trans son luchas feministas

onde eu piso, onde eu entro (lui rodrigues)

vito caio caru kairo fabian nani atena roveda mar razi ramu danit alonso bian serena suave ian lui rodrigues gaé eriel si emy roots bruni rodrigo carizu flecha ali frederico marcello dxango zadô carla bren alex formigão nicolas ralph jay tofu evel fredda eli nunes vincent yunni ibi lau nilo muni tupankh dandaru ruda eros uarê zum juno maré gana federico tuty luz telme pedro miguel rivka nathê circe andrew teste wanatta kozmi tia rafa lírio anum [...]

presentes.

[dizer presente aos vivos
(aprendi com o profesor Marcos Alexandre)]

pra mim neste livro, assim que eu terminei de escrever, ficou latejando uma enorme lacuna. que é a lacuna da sorte grande e estranha que eu tive também na vida. as pessoas que me abriram portas, me botaram pra dentro, andaram de bando comigo, foram me buscar na rodoviária, me chamaram pra tomar um café da noite depois da aula, me ligaram e deixaram que eu ligasse durante um episódio de embaralhamento de tudo, cuidaram comigo dos meus ferimentos e limites com uma atenção que eu nem sabia que existia. as pessoas que depois de eu contar a forma que eu tava vivendo a minha história não me deram um remédio e disseram que a reforma psiquiátrica tinha limites, mas me abraçaram. espero que este livro também chegue nelas, seria bonito que elas se encontrassem aqui. este livro pra mim é uma virada enorme, é dizer um "sim, até que eu escrevo", é afirmar também que não foi por sofrimento que eu cheguei até aqui, foi por alegria. é dizer um sim pra vida, porque a memória pode até ser um tecido rasgado, mas pra cada rasgo há uma sutura possível, nem que seja no nomear e agir das cicatrizes. um brinde a nosotres fazendo curvas nos cantos. às espirais das conchas bivalves. faz a curva, paixão!

Ravel Machado

sou as noites da travessia, as casas-pessoas que já me abrigaram, as tretas que comprei, o susto dormido do Dorival nos meus pés, as estradas que ligam Minas, São Paulo, Curitiba, Porto Alegre. Sou o choro no banho sentado, as músicas de retorno que assobio, as louças que não lavei, o dap, o dasein, a sorte de seguir sendo, o berro e o cuidado após quebrar a perna. Extensionista profissional, tradutor entusiasta, profe, quase-psicólogo. Sou Ravel Machado, um cara trans não binário branco.

HECATOMBE

[EDIÇÃO]
debora ribeiro rendelli
[REVISÃO]
juliana palermo
[DIAGRAMAÇÃO]
victor h. azevedo
[PROJETO GRÁFICO E CAPA]
wladimir vaz
[COORDENAÇÃO GRÁFICA]
tiago fabris rendelli

dados internacionais de catalogação na publicação (CIP) de acordo com ISBD

machado, ravel
M149f faz a curva, paixão / ravel machado. - cotia : hecatombe, 2023. 84 p. ; 11,5cm x 18cm. – (pajubá)

ISBN: 978-65-87938-87-5

1. literatura brasileira. 2. poesia. I. título. II. série.

CDD 869.1
2023-994 CDU 821.134.3(81)-1

elaborado por vagner rodolfo da silva - CRB-8/9410

■ primeira edição
■ maio de 2023